UN MOT

A L'AUTEUR DU PAMPHLET DE POLICE

INTITULÉ :

La Liste civile dévoilée.

PARIS. — IMPRIMERIE DE MADAME PORTHMANN,
rue du Hasard-Richelieu, 8.

UN MOT A L'AUTEUR

DU

PAMPHLET DE POLICE INTITULÉ :

la Liste civile dévoilée ;

PAR M. CORMENIN,

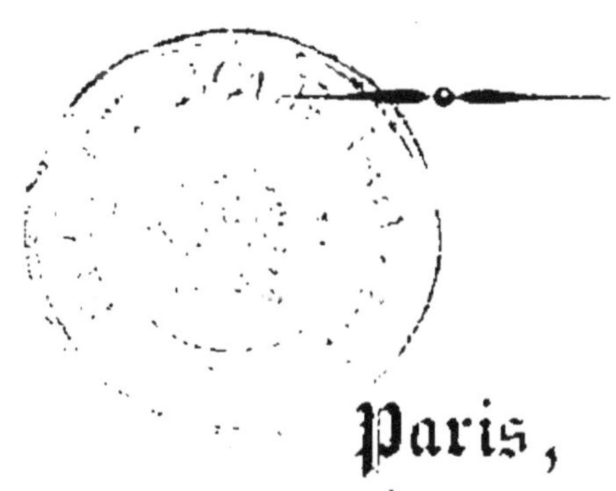

Paris,

PAGNERRE, EDITEUR,
RUE DE SEINE, 14 BIS.

—

1837

UN MOT

SUR LE PAMPHLET DE POLICE , INTITULÉ :

LA LISTE CIVILE DÉVOILÉE.

—⊙—

L'autre jour, étant de chambre , mes amis vinrent à moi et me dirent : Eh bien ! avez-vous lu la *Liste civile dévoilée ?* de qui est cette rapsodie ? est-ce, en effet, d'un électeur de Joigny ?

— D'un électeur de Joigny ? Allons donc, vous vous moquez ! est-ce que mes compatriotes ne savent pas que j'étais en nourrice quand l'émigration se fit ?

— Ah ! vous n'avez donc pas , comme ils disent , anciennement émigré avec Louis-Philippe ! La rapsodie serait-elle d'un conseiller d'état ?

—Pas davantage. Il n'y a pas de conseiller d'état qui ne sache que je n'ai , de ma vie, parlé à M. de Villèle et que je lui ai même fait perdre un procès contre un acquéreur de biens nationaux.

— Ah! vous n'étiez pas l'ami intime de M. de Villèle! et si la rapsodie était d'un député de 1829?

— Y songez-vous? Les députés de ce temps-là savent que j'ai parlé contre le cumul, rejetté le budget, voté l'adresse des 221 et que j'étais alors aussi libéral pour le moins que M. Guizot d'alors.

— Ah! vous étiez aussi libéral que M. Guizot d'alors! Mais si ce n'est ni un électeur, ni un conseiller d'état, ni un député, ni un homme d'esprit qui a broché ça, qui est-ce donc?

— Qui est-ce? qui est-ce?... Je m'y perds Vous croyez, peut-être, que cela est facile à deviner!

Et vous autres, mes amis, aidez-moi donc, devinez-vous?

— Non vraiment, mais nous chercherons.

— Eh bien, si vous trouvez, notre homme ayez la bonté de lui dire, en deux mots, une fois pour toutes et à n'y plus revenir, que, logicien sincère et complet, j'ai répudié titres et majorats; que, logicien sincère et complet, j'ai voté, sous la restauration, contre les cumuls et les dotations, contre l'hérédité de la pairie, contre les entraves des élections, de la presse et du jury, contre le ministère Polignac et contre le budget, et depuis la révolution de juillet, vous savez contre quoi et contre qui; et vous pouvez même ajouter que les légitimistes qui m'ont appelé le dialecticien de la révolution, témoignent assez par-là que je ne suis pas des leurs. Mais tout à l'opposite que nos deux principes soient l'un de l'autre, ils m'honorent, et ils ont raison, de n'avoir pas, comme tant d'autres, bassement outragé un gouvernement que j'avais servi, parce qu'il n'y a que des lâches qui fassent cela et que je n'ai pas pour habitude de frapper les gens lorsqu'ils sont à terre.

Mais je combats ceux qui sont debout et qui attaquent, comme le pamphlétaire de la *Liste civile dévoilée*, les libertés et l'argent du peuple.

Ce n'est pas au moins que j'aie affaire à un

mince joûteur dans cel homme là ; car il n'est pas seulement diseur d'injures , voyez-vous, il est jurisconsulte, il est économiste, il est politique et il est chiffreur. Homme redoutable !

Après le diseur d'injures, voici venir le jurisconsulte qui m'apostrophe :

— Savez-vous bien , M. Cormenin , que Childebert était un grand monarque, un monarque de l'antique monarchie, qui affectionnait beaucoup les apanages. Or, pourquoi voulez-vous que nous autres de la police, nous ne fassions pas aussi de la monarchie antique, et que nous ne ressemblions pas à ce vieux Childebert?

—Moi ! je n'empêche que vous ressembliez à qui vous plaira. Mais j'ai idée qu'il faut être de son temps; que nous ne vivons pas du temps de Childebert, ni de Louis XIV, ni même de Napoléon ; que le gouvernement de juillet a été fondé sur l'égalité dont tout le monde veut, et non sur la féodalité dont personne ne veut, et que c'est assez là le sentiment de toute la France.

— Mais si la majorité de la chambre allait

vouloir rétablir, avec les apanages, la féodalité abolie par l'Assemblée Constituante, par la révolution de 89, par la révolution de 1830, par la charte du 7 août, par la loi de 1832, et par la réprobation unanime de l'opinion publique, qu'auriez-vous à dire?

Moi, je dirai, je croirai jusqu'à preuve contraire, que la majorité de la chambre est trop sage, trop éclairée, trop conséquente, pour conclure de l'ancien au nouveau, du faux au vrai, de la contre-révolution à la ré- volution, de la féodalité à l'égalité, et pour vouloir ce qui est anti-bourgeois, anti-popu- laire, anti-français.

Cependant je suis obligé de convenir que Childebert aurait fait encore de plus grandes choses, s'il avait eu au service de *sa Liste ci- vile dévoilée*, un jurisconsulte de la force du nôtre.

Mais, par exemple, le bon roi aurait été tant soit peu ébahi, lui qui était fort chari- table, si l'économiste de sa *Liste civile dévoi- lée* s'en fût venu lui dire, qu'il vaut mieux donner des fêtes somptueuses à des courtisans qui ne manquent de rien, que de nourrir des vieillards infirmes, de pauvres mères en couche, et de petits enfants qui meurent de faim sur la paille de leur grenier.

C'est que, de votre temps, Childebert, l'on n'était pas aussi avancé que nos policiers dans la science de l'économie politique , et quant à la politique pure, on peut dire que vous n'y entendiez rien du tout, et ce n'est pas vous ni gens de votre cour, qui nous auriez donné à deviner le logogriphe suivant, qui est bien de l'auteur de la *Liste civile dévoilée* et que je vais vous dire.

La Belgique (c'est lui qui parle et non pas moi), la Belgique doit beaucoup à la France, Vous allez en conclure , vous autres, que, puisque la Belgique doit beaucoup à la France. il faut que la Belgique paie à la France ce qu'elle lui doit. Mais vous n'y êtes pas, c'est la France qui doit payer à la Belgique ce qu'elle ne lui doit pas; et ce qu'elle ne lui doit pas, c'est le million !

Voilà, dit l'homme de la police, ce que les

ministres n'ont pas assez bien compris. Il est vrai que nous avons des ministres qui ont la cervelle jsi dure ! mais en revanche les contribuables, eux, ontbien plus alertement compris la chose !

Toutéfois, il paraît que l'intelligence politique leur serait vite revenue à nos ministres. Car ce n'était, dans les commencements, qu'une toute petite loi de famille, un arrangement de finance, un article de budjet, une question d'argent, une bagatelle , moins que rien ; maintenant, à les entendre eux et leurs porte-écritoires , ce n'est plus qu'une question politique, uniquement politique.

Ainsi, l'on a une liste civile de **12** millions payables en beaux écus, par douzième, chaque mois, le premier du mois et d'avance ; question politique !

L'on a l'usufruit du domaine privé qui rapporte deux millions de francs ; question politique !

L'on a l'apanage d'Orléans dont l'annuel se touche en traites de marchands de bois ; question politique !

L'on a perçu en sus des 12 millions de liste civile fixés pour toute la durée du règne, par l'art. 17 de la loi du 2 mars 1832, une autre somme ronde de neuf millions ; question politique !

L'on veut compenser quatre millions que la liste civile doit à l'État, avec quatre millions que l'État ne doit pas à la liste civile ; question politique !

L'on demande un million de dot pour la reine des Belges, en pièces de cent sous, toutes neuves ; question politique !

L'on demande quarante millions d'apanage pour le duc de Nemours, en forêts, en bois de chauffage et de charpente ; question politique !

Serviteurs de l'antichambre, écrivains de la police, argumentateurs de la cassette, gouverneurs, mangeurs, blanchisseurs et teinturiers de la liste civile dévoilée ou non, grands et profonds politiques, pourriez-vous me dire où s'en est allée la race de Childebert, avec ses beaux apanages ? Et Napoléon qui apanageait ses frères, non pas avec de petites terrettes qu'il prenait au peuple, mais avec des villes, des duchés et des royaumes qu'il prenait à l'ennemi, qu'est-il devenu? Et l'apanage d'Orléans, a-t-il soutenu sur le penchant de sa ruine l'antique monarchie de Louis XVI? Et l'apanage du comte d'Artois, a-t-il empêché la couronne de Charles X d'être brisée d'un coup de pavé?

Or, si les ducs, rois et empereurs apanageurs et apanagés, sont tombés d'une si lourde chûte, ne dites plus, malgré l'histoire, que les apanages raffermissent les monarchies; mais dites plutôt qu'ils blessent l'égalité; qu'ils dépouillent le peuple, et qu'ils ruinent les contribuables, et vous serez dans le vrai, et nous vous croirons!

De tout ceci, que conclure? C'est que l'auteur de la *Liste civile dévoilée* n'est fort, véritablement fort et très fort que sur la partie des injures; comme jurisconsulte, il ne l'est guère, comme politique point, comme économiste moins encore. Je ne dis pas économiseur, et même il serait fort, je l'avouerai, dans la partie des chiffres, s'il les faisait exacts, c'està-dire s'il ne diminuait pas les recettes pour enfler les dépenses.

Nous vérifierons plus tard, afin de les réduire, les mémoires de travaux, entreprises et fournitures de notre vantard, qui ressemblent un peu trop à des mémoires d'apothicaire, et nous ferons voir qu'il trompe le public, qu'il met ces drogues à trop haut prix, et qu'il faut en rabattre de moitié.

En ce moment, je suis pressé, et, comme doit le faire tout bon logicien, j'arrive droit à la question, et je la pose en ces termes :

L'article 21 de la loi du 2 mars 1832 porte « *En cas d'insuffisance du domaine privé*, les « dotations des fils puînés du roi et des prin- « cesses ses filles, seront réglées ultérieure- « ment par des lois spéciales. »

Cela posé, je prie la cour et la ville, je prie mes amis et mes ennemis, je prie le peuple et les bourgeois, je prie les journalistes de la mauvaise presse et même ceux de la bonne, je prie les référendaires à la cour des comptes, je prie les négociants, marchands et banquiers, je prie les teneurs de livres et les

demoiselles de comptoir, je prie messieurs
les crieurs et mesdames les crieuses qui hurlent mon nom au coin de la borne, je prie
ceux qui lisent et surtout ceux qui paient,
de ne pas regarder de droite et de gauche,
de porter la main à leur front, et de bien se
souvenir, jusqu'à l'heure de leur mort, que
la vraie question, la seule question, toute la
question, e t et sera aujourd'hui et dans tous
les temps, celle-ci :

Le domaine privé est-il ou n'est-il pas *suffisant* pour fournir dot à la reine Belge et à
Monseigneur.

Or, pour résoudre cette question, qui est,
je le répéterai cent fois, mille fois, toute la
question, je n'ai besoin que de trois chiffres.

Le domaine privé jouit-il en biens fonds,
au soleil, au sù et au vû de tout le monde, de
deux millions de revenu pour le moins, et le
niez-vous ?

Non. Eh bien ! voilà d'abord en
revenu. **2,000,000**

A reporter. . . 2,000,000

2

Ci-contre. . . .   2,000,000

Voyons les capitaux.

Le domaine privé n'a-t-il pas, depuis 1830, reçu 9 millions en sus du chiffre de la liste civile fixée à 12 millions pour tout le règne, entendez-vous, *tout* le règne? le niez-vous?

Non. Posons-donc.   9,000,000

Le domaine privé n'a-t-il pas acquis de M. Lafitte la forêt de Breteuil, dont on offre 14 millions et qui les vaut. Le niez-vous?

Non. Posons-donc.   14,000,000

Total.   23,000,000

Maintenant décomptons :

Sur les 23 millions de capitaux, le domaine privé donnerait à chacune des trois princesses, un million.

Ci 3 millions. . . .   3,000,000

Reste.   20,000,000

Sur ces 20 millions, il donnerait au duc de Nemours 8 millions.

Ci 8 millions. . . .   8,000,000

Reste.   12,000,000

Sur les 2 millions de
revenu, le domaine privé
donnerait au duc de Ne-
mours 300 mille francs
de rente.

    Ci 300 mille francs .   300,000
                             —————
    Reste.   1,700,000

    Ainsi, après avoir don-
né à la reine des Belges
un million de dot, et au
duc de Nemours 8 mil-
lions de capitaux et 300
mille francs de rente, le
domaine privé restera en
possession,

    En capitaux, de. . . 12,000,000
    En revenu, de. .   . 1,700,000
                        ————————

Oserait-on-dire, après cela, que le domaine privé n'est pas suffisant, suffisant pour
le présent, suffisant pour l'aventr : l'osera-
t-on.

Si on l'osait, eh bien j'oserais à mon tour,
moi qui reste, ici, par discrétion, par modéra-
tion, au-dessous du chiffre, bien au-dessous

de la vérité, j'oserais déchirer les bandeaux
officiels dont on s'enveloppe; et je prouverais
qu'il est impossible d'entasser à la fois plus
de fausses imputations, de faux raisonne-
ments et de faux chiffres, que l'auteur voilé de
la *Liste dévoilée*; que les passants en haussent
les épaules ; que les colporteurs qui la crient
sont les premiers à en rire ; qu'on a posé les
chiffres au hasard, comme ils venaient au
bout de la plume : un million plutôt qu'un
demi-million, cent plutôt que dix, et ainsi
du reste; que les dépenses de Versailles, de
Compiègne et des Tuileries, sont d'une enflure
à les faire crever de ridicule; qu'avec tout
l'or dont on parle, on dorerait la salle des ma-
réchaux, des pieds à la tête et sur toutes les
coutures ; qu'avec la masse de fer qu'on fait
entrer dans les voussures de la salle des ba-
tailles, on ne trouverait pas de murailles,
fussent-elles de marbre, de force à la sup-
porter; qu'avec les sommes qu'on assigne à la
réparation seulement des châteaux, on re-
construirait à neuf et en entier les châteaux
eux-mêmes; que l'escalier à lui seul coû-

terait plus cher que le logis; et que s'il pou-
vait se rencontrer des architectes assez fous
pour gaspiller tant d'argent de la sorte,
il faudrait, non pas leur faire bâtir des pa-
lais, mais les envoyer aux Petites-Maisons. Et
si l'on nie, je prouverai, pour lui faire plaisir,
que la famille d'Orléans est, fut et sera la
famille la plus riche de notre Europe; si
l'on nie, je déploirai l'ensemble de la recette
dont tous ces faiseurs de compte n'ont pas dit
un seul mot, comme si ce n'était rien dans un
compte, que la recette! et je déduirai de la
recette les dépenses ordinaires et les dépenses
extraordinaires; et puis, je multiplierai le
chiffre du restant par le chiffre du règne, et
puis nous verrons bien ce qu'il y aura! Et si
les gens du domaine privé me contestent le
chiffre de 23 millions, en boni, je poserai le
chiffre de 100, et si l'on me demande où sont
mes preuves, il faudra bien que j'entre de
vive force dans les détails, dans ce qu'on a ap-
pellé les sales détails. Il faudra bien que je dise
et quel est le nombre des chevaux, et quel est
le nombre des domestiques ; et ce qui se

brûle de cordes de bois dans les foyers de la royauté, et ce qu'on allume de bougies dans ses girandoles; il faudra que je dise si c'est par dédain pour de misérables richesses, qu'on ne fait compte ni des 32 millions de mobilier des châteaux, ni des tapis, soieries et tentures empilés dans le garde-meubles, ni des ces magnifiques peaux de lapins si méchamment mis à mort ne juillet, dans les forêts de la couronne; il faudra que je dise combien de bois possède la liste civile, combien l'apanage d'Orléans, combien la reine, combien les princesses, combien madame, combien le domaine privé, combien l'usufruit du mineur d'Aumale et ce que de centaines de lieues carrées couvrent ces forêts princières, ex-apanagères, ducales et royales; et ce qu'elles rapportent (terme moyen, bon an, mal an; et ce que rend le Palais-Royal, et ce que produit le canal d'Orléans; et il faudra bien que j'arrive, par le calcul de l'excedant des recettes sur les dépenses, à mettre le doigt, non la main, sur les énormes valeurs du portefeuille; et que je cherche, par l'analogie, à dégager l'inconnue; et que je sonde dans ses cavités les mystères de la cassette; et que, sans le secours de la baguette divinatoire, je fasse jaillir à la lumière les sources cachées du revenu; et que je démontre que l'octroi d'un domaine privé implique l'obligation de doter garçons et filles, par cette raison sans rétorque les charges doivent suivre les bénéfices, et qu'après avoir retenu pour donner, on ne peut pas encore demander pour retenir. Et si l'on dit de mes chiffres qu'ils diffament parce qu'ils sont vrais, je demanderai le nom qu'on leur donnerait, s'ils étaient faux; et si l'on me dit que je suis l'ennemi du peuple, parce que je défends son bien, je demanderai si je serais son ami en le gaspillant, et si l'on me refoule dans mon droit, si l'on opprime mon courage, si l'on prétend me condamner au silence, je demanderai s'il y a donc des situations que le respect défende d'interroger, des abus que l'inviolabilité puisse couvrir, des affirmations de ministres qu'on doive admettre sans examen, comme autant d'articles de foi, des réticences de pudeur qui aient, en matière de comptabilté, la valeur d'une preuve ; si la justification d'une insuffisance de fortune est un outrage, si le contrôle d'une obligation légale est un crime, et s'il est permis dans une nation civilisée et sous un gouvernement libre de répondre à des argumentations de chiffres par des menaces d'assassinat !

Eh ! mon Dieu ! après tout, qu'ai-je donc dit ? qu'ai-je prouvé ? J'ai dit, j'ai prouvé, que la *Liste civile dévoilée* n'a pas un sou à demander aux contribuables ; qu'elle peut largement doter princes et princesses en terres ou en argent, à son choix ou à leur plaisir, et, qu'après cela, il lui restera encore de grosses sommes à prêter au trésor, au commerce, aux particuliers, à tous ceux qui en voudront, pourvu qu'ils les rendent, à échéance fixe et avec intérêt, bien entendu.

Voilà tout ce que j'ai dit, tout ce que j'ai prouvé. Mais c'était trop, je l'avoue, beaucoup trop ; aussi, quand j'ai vu tout ce bruit de tempête, tout ces amas de colères qui tombaient sur moi, je me suis mis les mains sur le tête pour me garer. Un grand remords a surgi dans mon âme, pour parler comme M. Fonfrède, et je me suis repenti de mon égarement. C'est ma faute aussi, me dis-je, c'est ma faute. Pourquoi ai-je publié la vérité ? Qu'allai-je donner des chiffres exacts ? Est-ce que j'aurais dû faire, il y a cinq ans, descendre la Liste civile dévoilée de 14 millions à 12 millions ! Est-ce qu'il aurait dû me venir en l'esprit que l'apanage de Rambouillet pourrait bien consister et se compter aux alentours d'une quarantaine de millions, et que la nation ne le devait ni en terres ni en rentes ? Est-ce que j'aurais dû prétendre, et surtout prouver, que le domaine privé est riche et plus que suffisant ? Est-ce qu'on doit jamais dire de ces choses-là ?

C'est beaucoup pour moi, au moins, si je m'en tire sauf, sans perte de l'œil ou de la main ; car les scribes de la bonne presse me menacent à la fois, de la part de messieurs les pairs, de messeigneurs les ministres, et même de la part de monseigneur et maître le peuple souverain à qui je coupe les vivres,

voyez-vous bien ? Moi, cependant qui vis re-
tiré entre mes piles de livres, moi casa-
nier, bonhomme, sans haine ni fiel, même
contre l'auteur de la *Liste civile dévoilée*,
que j'aurais plaisir à dire et nommer comme
il se nomme, un gros propriétaire, un riche
marchand de bois, bien en Cour ; un capita-
liste renforcé, un homme fort en état, sans
recourir à ses voisins, de doter et établir
convenablement sa petite famille, s'il en a.

Si je mets le pied hors du logis, vite on m'as-
sourdit les oreilles de *voilà la brochure de le
Police ! voilà la brochure !* et les colporteur,
avinés qui la hurlent, tombent avec elle dans
le ruisseau. Des sergents de ville, c'est pour
moi bien de l'honneur, messieurs, montent la
garde autour de mon nom. Le doctrinaire
me haît. Le courtisan, qui va au château, me
rase avec la roue de son équipage, pour me
couvrir de boue. Un journaliste de la bonne
presse, qui me regarde entre les deux yeux,
dit qu'il y a en moi du Fieschi, et un autre du
Meunier ; celui-ci, que je bourre les fusils,
et celui-là que je les tire ; que j'ai fait plus de

mal à la monarchie , à la république, à la nation, à la France , à tout le monde, que dix ans de calamités, de guerre, de peste et de famine ; que j'accapare les subsistances du pauvre peuple ; que je finirai par le faire mourir de faim ; que c'est très-mal à moi, c'est vrai, c'est très-mal ; que je suis un méchant, un méchant traître, un régicide ou quasi-régicide, un véritable monstre, un pendu , non pas encore, s'il vous plaît !

Et tout cela parce que j'ai une plume taillée en pointe, qui touche, enfile et perce les hommes d'argent ! Et tout cela parce que les mains calleuses de cent mille artisans et laboureurs usent ma petite lettre, à se la passer d'échoppe en échoppe et de chaumière en chaumière !

Quatorze éditions déjà lues et dévorées par le peuple ! son instinct si sûr, si rapide, lui aurait-il fait sentir qu'il y a au fond de ma lettre une haute question sociale d'engagée? Toute la question politique y serait-elle par hasard aussi? *Vox populi, vox Dei.* Quel avertissement du ciel ! quel trait de lumière !

Est-ce qu'on méditerait une contre-révolution aristocratique? Est-ce qu'on voudrait rétablir l'hérédité de la pairie? Est-ce que la restauration des apanages serait un pas de fait sur ce chemin-là! Déjà le char des doctrinaires retournait à course déployée. Mais quoi! un grain, un petit grain de sable snos la roue, c'est le mien et le char enrayé.

Mon adversaire qui, dans son commerce en gros de bois, de vins, et autres denrées car il paraît qu'il fait argent de tout, est devenu pas mal riche, se gausse de moi, pauvre hère, dit-il, sans toit presque ni feu, ayant le pourpoint percé, le gel aux doigts et vivant de ma plume! O que cette plume-là me ferait riche, si elle me donnait autant de rapport qu'elle leur cause de terreurs! O que je serais riche si j'avais voulu abaisser ma fière indépendance devant la corruption de leurs faveurs! Cet or, votre songe d'amour, cet or, votre dieu, votre unique dieu, au pied duquel vous faites trois signes de croix, la tête découverte et genou en terre, gardez-le, gardez-le bien. J'aime mieux la liberté, la pauvre liberté !

Eh ! que m'importe de n'être pas riche , si le soir, à la lueur de sa lampe, le peuple me lit, si le peuple m'aime. Voilà mon heur ! je n'en veux d'autre.

Pamphlets d'académie , pamphlets de cour, pamphlets de police, rapport sûr , gros rapport. Pamphlets du peuple, mauvais bien ; force injures , lâches persécutions , haines à en mourir, l'amende, la prison , et au bout , le hart , voila le plus clair de son revenu. D'argent, peu ; mais le peu qu'il y a , venant du peuple, doit s'en aller en deux parts : l'une à vous , mon éditeur, l'autre à lui. Souvenez-vous, M. Pagnerre, de ce que je vous dis là : à lui la prochaine édition de ma petite lettre !

Si encore, la *Liste civile dévoilée* voulait doter cette chère enfant de la moindre de ses générosités ! mais c'est à n'y pas songer. Outre que la *Liste civile dévoilée* n'est pas avec moi de trop belle humeur, et pour cause, celui auquel j'ai l'honneur de répondre et d'adresser, en finissant, mes très-humbles respects, l'a faite ou dite si endettée, si enguenillée, si pauvresse, qu'en fouillant à pleine main dans son escarcelle, à peine en pourrait-il retirer une piécette. Je me vois donc forcé d'avoir, monsieur le rédacteur, recours à votre obligeance, pour vous prier d'annoncer que la nouvelle édition de ma lettre qui est sous presse, sera vendue au profit des ouvriers de Lyon. Au défaut de la liste civile et du domaine suffisant, je recommande cette fille de mes œuvres, quinzième du nom, à toutes les âmes charitables.

www.ingramcontent.com/pod-product-compliance
Ingram Content Group UK Ltd.
Pitfield, Milton Keynes, MK11 3LW, UK
UKHW031718170726
13836UKWH00001B/310